AF233574

LETTRE DE M. CIRIER A M. L.

O navis ! referent in mare te novi
Fluctus?... O quid agis?

« MINISTÈRE DE... — DIRECTION DE... — Paris, le 18 mai 1839.
— Je vous remercie, Monsieur, de la pièce de vers que vous m'a-
vez dernièrement envoyée. Je n'ai pu la lire qu'avec intérêt, ainsi
que j'ai lu ce que vous m'aviez adressé manuscrit. Je vous renvoie
votre *Essai sur la Correction typographique*, en vous remerciant
de la communication que vous avez bien voulu m'en faire. Quant à la
Méthode de l'Enseignement des langues, de M. Marcella, je garde
la première partie que vous m'avez fait remettre et vous prie de me
considérer comme souscripteur tant pour cette partie que pour
celles qui doivent la suivre. — J'ai à peine besoin de vous dire que
la nature de la lettre que vous m'avez écrite le 3 mars dernier, et
l'amertume dont elle était pleine, ne m'ont pas permis d'y répondre. — Recevez, monsieur, la nouvelle assurance de tous mes sentimens.   ... LEBRUN. »

---

27 mai. « ... ... » BRIT., éd *Duprat*, p. 98, haut de la 1ʳᵉ col.

Paris, 28 mai, A. D. 1839. — *Sis licet oblitus pariter gemmæque manûsque,*
Exciderit tantùm ne tibi cura mei :
Quam tu vel longi debes convictibus ævi,
Vel mea quòd conjux non aliena tibi est.
                    OVID., *de Ponto.* II, 10.

MONSIEUR ,

Un nouvel essai, de ma part, de continuation d'une
correspondance qui pèse encore plus à moi qu'à vous , ce

nouvel essai par la voie ordinaire m'eût sans doute plus mal réussi que jamais. La *nature* de mes réclamations, *l'amertume* de mes plaintes, ne vous ont point, écrivez-vous, *permis de répondre* à ma lettre du 3 mars. **Je** suppose que cette fois je n'eusse pas été lu, ma supplique ne devant pas, comme dernièrement, passer sans intermédiaire de mes mains dans les vôtres, être instamment recommandée par moi à votre indulgente attention, et accueillie par vous avec bonté. Peut-être même, aussi malheureux que ce pauvre lord Napier dans ses dernières relations avec le 國 中, j'aurais vu ma lettre repoussée à la porte, *parce que c'est une* LETTRE *et non une* PÉTITION. (*Journ. as.* 1836, janvier : « Il est défendu aux ministres de l'empire céleste d'entrer en correspondance privée avec les barbares.... »)

L'expédient auquel j'ai recours, expédient qui n'est point de la publicité, pourra, je l'espère, me sauver une fois du pénible inconvénient de n'être point entendu de la seule personne dont l'attention importe à *l'envoyeur* (terme d'administration que j'ai appris dans la vôtre, monsieur, avant la vôtre).

Quand vous me fûtes présenté (car vous m'avez été présenté, monsieur), quand vous vîntes dans mon cabinet accompagné de l'honorable **M. R.**, qui fut toujours pour moi si plein de bienveillance, l'accueil que je vous fis fut ce qu'il devait être : respectueux avec empressement, mais sans bassesse. Eh ! comment n'aurais-je pas témoigné en cette occasion, notamment par mon attitude, de ces égards nécessaires d'un *subordonné*, moi qui ne m'en dispensai jamais vis-à-vis du regrettable chef de la typographie, et qui peut-être serai taxé de n'en avoir pas été assez sobre pour quelques chefs tertiaires... Ce n'est

pas moi qui ai pensé à élever la question « si ceux-
ci étaient réellement les miens » ; j'ai appris depuis peu
qu'elle a été résolue par vous-même, monsieur, à *notre*
avantage... si toutefois il y a quelque avantage dans cette
indépendance telle quelle.

Lorsque **M. R.** m'eut montré en vous, monsieur, son
nouveau chef et le mien, et celui de tout l'Établissement,
je fus à peine (funeste présage de la désespérante insou-
ciance dont l'année 1832 me réservait deux horribles
gages !) je fus à peine honoré d'un de vos regards ; votre
lorgnon se dirigea sur mes livres..... Pas un mot, autant
qu'il m'en souvienne... Et cependant, qu'avait à craindre
la double qualité de **M. L.**, en quoi eût été compromise la
dignité de l'*administrateur-académicien* adressant à son
administré, *lettré* aussi (car tout correcteur est censé
l'être), quelques paroles d'intérêt, d'encouragement... ou
plutôt, pourquoi pas une petite protestation de dévouement, pour votre part *, à la cause commune, l'honneur et

* Quant à moi, je n'ai jamais cessé de porter intérêt à l'I. R. ; témoin
ces vœux, postérieurs à mes plus cruels désappointemens et relatifs aux
deux lettres I, R, entortillées, garottées, qui sont depuis quelques années la *marque* des éditions de ce célèbre atelier. Me représentant dans I
une grande Industrie personnifiée, et dans R le Pouvoir royal, père
et protecteur, depuis François 1er (opinion commune), de cette docte industrie, accusée de monopole à mon grand regret, j'écrivais en 1834 :

Aspicis ut duplex coalescit littera in unam,
Ut pedibusque pedes, et cornua cornibus hærent?
Insuper et τῷ Pῶ loris aptatur Ἰῶτα,
Constrictum paribus nodis et Ἰῶτα tenet Pῶ.
Ambobus consortis amor. Concordia utrique
Non miranda : patri solers consentit Ἰῶτα,
Progeniem justo sectatur amore potens Pῶ.
Pῶ semper vivat ! vivat quoque semper Ἰῶτα !

En 1828 je commençai à aimer d'un amour de reconnaissance le bel
Établissement qui, en m'accueillant, avait notablement amélioré ma si-

la prospérité de l'I. R. ; de dévouement, nommément aux intérêts, au bien-être de ceux de ses *ouvriers* que l'instruction rapproche de l'homme de lettres, de ceux dont, parlant à moi, un employé-chiffreur de l'Établissement a eu l'extrême bonté, a eu la modestie de dire qu'ils en sont les *véritables notabilités* ? Est-ce donc, monsieur, qu'il ne s'agissait pour vous à ce moment que de recevoir en silence une espèce de culte ?... adorations nécessairement muettes : votre bouche qui ne s'ouvrit point condamnait la mienne au repos.

On vient de me dire que, si j'avais connu le monde, je n'eusse point, en juillet 1832, renfermé dans un timide et perplexe silence l'espoir de succéder, par rang d'ancienneté ou autrement, à M. Beaufils : je devais, dit-on, vous adresser une *demande*, monsieur, et au besoin *demander* le concours [*] ... Que je ne connaisse point, ou que je n'aie point connu le monde, je préfère le tort de cette ignorance au mérite d'une certaine audace, qui d'ailleurs n'est pas

ination, et j'ose dire que, en juillet 1832, j'aurais vu avec une espèce de satisfaction entrer à l'I. R. l'homme qu'un concours eût proclamé encore... oui, encore plus capable que moi de lui faire honneur. A l'appui de cette assertion, voir, p. ה de mes Παθήματα, *mon sincère compliment à* א *sur sa précellence.*

[*] *Concours.*—En 1828 (*Monit. du 27 oct.*), dix-neuf correcteurs n'ont pas regardé comme au-dessous d'eux ce moyen d'arriver à un emploi. Il s'en est trouvé un qui en a jugé autrement, et qui a osé le dire, et à qui ?... c'est ce qui me passe. Mais ce que je conçois très bien, c'est que א ait laissé venir, ait attendu une occasion, sinon plus glorieuse, au moins plus sûre, plus commode, et surtout plus fructueuse :

A de plus hauts partis Rodrigue *a dû* prétendre :

Ἀλλ᾽ οὐχὶ φρίσσεις, οὐδ᾽ ἐπιτρέμεις θρόνους,
Μὴ βοῦς ἐλαύνῃς κρείσσονας βοηλάτου;

GRÉG. de Naz., *Mémoires autobiographiques.*

toujours heureuse : témoin ⊃ , qui avait su, lui, formuler
une demande. Je pourrais dire entre autres choses , pour
ma *justification*, que je répugnais à réclamer la dépouille
toute chaude d'un collègue.

Aujourd'hui, monsieur, qu'il y ait vacance ou non, pos-
sibilité ou non de créer l'emploi le plus infime, j'ose pourtant mettre sous vos yeux le tableau fidèle de ma situation,
vous offrir ci-après tout le détail de mes désirs, de mes espérances , de mes dispositions, et je me permets de vous
demander si vous pourrez, si vous voudrez faire ou essayer
quelque chose en faveur d'un homme qui se croit digne de
quelque intérêt, et qui voudrait reconnaître à des effets
que vous voulez bien lui en porter :

> *Non sumus indigni, nec (si vis vera fateri)*
> *Debetur meritis gratia nulla meis.*   Id. ibid.
>
> Ἐν ἀσφαλείᾳ τὰς βραχείας ἡμέρας
> Θέσθαι, τὸ γῆρας δ' ἐν καλῷ στῆσαι τέλει.
>   Id. ibid.

Mon épigraphe voilée , ces trois mots si énergiques du
tendre Racine, ne sont là que pour mémoire d'un rêve af-
freux qui me faisait dire ceci encore : « Tout n'est pas dit :
il faut essayer de déconcerter cette désolante impassibi-
lité ; il faut, une dernière fois, mais plus haut , plus
amèrement que jamais , me plaindre de sept années déjà
de ma vie cruellement *empoisonnées*, etc. » Et puis, Ho-
race me soufflait ces mots :

> *Nec quisquam noceat cupido mihi pacis : at ille*
> *Qui me commôrit (melius non tangere , clamo)*
> *Flebit, et insignis tota cantabitur urbe.*

Et puis mon christianisme tel quel , corroboré d'un
reste de cautèle, venait à la traverse et désarçonnait cette
équivoque vendetta, etc. Ce rêve, quoiqu'il ait duré bien

long-temps, n'est qu'un rêve, monsieur ; peut-être il vous est réservé d'en effacer la pénible impression , et alors il me serait doux de me dire

> Votre très humble et reconnaissant serviteur,
>
> CIRIER.

———

« Mardi, 7 mai, A. D. 1839.

Mon cher Laurent , vous allez trouver que c'est reconnaître bien mal, surtout après une aussi longue lettre que ma dernière, le bon office de votre amicale, empressée et longue visite , que de vous décocher tout aussitôt une seconde missive. Mais ayez la bonté de ne point appeler cela de l'épistolomanie, d'autant plus que j'ai eu le courage d'attendre à aujourd'hui : car dès hier déjà j'étais tourmenté du besoin, non pas d'écrire, ni une lettre ni autre chose (je suis excédé, supersaturé de ce noble exercice, qui n'est pas aussi facile à ma main capricieuse qu'on pourrait le croire, et c'est une des choses qui me font regretter vivement de n'être plus purement et simplement correcteur) ; j'étais tourmenté du besoin de vous écrire , c'est-à-dire de m'ouvrir à vous, de vous parler d'*amitié*, etc. *

Mon cœur, vraiment, mon cœur aimant a besoin d'un ami, d'un ami en titre : j'imagine qu'en dépit de deux sortes de dissentimens **,

———

* Voyez , si bon vous semble , le petit livre ci-joint , *de l'Amitié*, que m'a envoyé, en retour de mon *hymne*, son auteur M. Roze, compositeur très distingué dont j'avais fait la connaissance chez M. Crapelet, et qui m'avait mis dans le cas, vu son goût, bien connu, pour l'étude, de lui offrir bénévolement quelques leçons de latin.

** Est-ce que ces dissentimens ou plutôt cette discordance d'opinions, que d'ailleurs le temps effacera peut-être, ne sont pas abondamment compensés par un accord bien autrement important, *l'accord des sentimens*, résultat forcé de notre éducation respective, dissentimens dont vous avez pu vous exagérer l'importance, et dont l'un vous fit parler un jour d'*infranchissable barrière ;* j'imagine que rien ne s'oppose sérieusement à ce qu'il y ait entre nous deux amitié dans la plus douce acception du mot ; amitié, c'est-à-dire quelque chose de mieux qu'une liaison amicale, que d'agréables rapports de confrère à confrère, etc. Au reste, je sais fort bien que cette aimable et précieuse disposition d'autrui à notre égard ne s'arrache pas, comme un service par exemple ; je sais qu'il ne me suffirait pas de mériter l'amitié de quelqu'un et de protester sincèrement de la mienne, pour prétendre légitimement à un retour de sa part, et surtout à des démonstrations pareilles : il faut savoir attendre. Acceptez donc, mon cher Laurent, sans vous mettre aucunement en peine du retour, acceptez, souffrez ces avances, certainement bien sincères, c'est tout ce que je demande, tout ce que je désire pour le moment.

Vous n'avez point été indiscret, je le répète, vous n'avez point été indiscret dimanche en témoignant le désir de connaître la *communication de quelque importance*, et je pourrais me dispenser de vous rappeler la seule raison de me taire que j'aie produite. Au reste, ma femme, qu'à mon grand regret j'ai cru ne devoir pas informer complétement, ma femme en sait plus long que vous à ce sujet : elle a lu le commencement de la lettre en question ; mais à sa prière, j'ai tardé, et tardé beaucoup à l'envoyer à son adresse : j'ai vu ou cru voir une addition utile à faire à cette lettre ; par suite j'ai formé un dessein, et delà, delà seulement, l'épithète d'*importante* dont j'ai honoré ladite *communication*, en l'annonçant à M. L......

la *sympathie* que nous nous sommes reconnue en plus d'une occasion ; rappelez-vous la succession...

> *Nescio quid : certè est quod te mihi temperat astrum.* Pers. V.

Précieuse sympathie, puisqu'elle a pour objet le bien de l'humanité..... Je suis confus de n'avoir osé dire *philanthropie*... Parce qu'on a pu abuser de ce grand et excellent mot ; parce qu'il a été décrié par des gens très peu philanthropes sans doute, faut-il le proscrire ?... Je crois, mon cher Laurent, que nous sommes parens, parens comme l'entendait l'auteur de cette belle métaphore : *un parentesco de los coraçones.*

Dans mon intérêt, dans celui de ma compagne, vous voudriez nous persuader, à elle surtout, qu'il ne faut point penser à rentrer à l'I. R. : je vous conçois d'autant mieux, que je vous ai fait lire l'espèce de rétractation par laquelle j'ai déclaré mes prétentions, ni trop hautes, ni trop basses. Mais, supposé que j'aie reconnu depuis, n'importe comment, que je pourrais accepter, provisoirement ou non, même la *sentine* *, vous ne me cacherez pas, j'en suis bien sûr, votre peu d'espoir que je puisse me tenir à cette place, je ne dis pas le restant de mes jours, mais même pendant quelques années. J'avoue que si, en pensant autrement que vous à cet égard, j'avais le malheur de me tromper, ce serait bien là le plus grand de tous mes, de tous nos malheurs. Rentrer à l'I. R. pour en ressortir au bout de six mois ou même de deux ou trois ans.... ah ! pour le coup je serais bien à plaindre : bafoué au dedans par tout ce qu'on y compte de sujets charitables et judicieux, déconsidéré au dehors dans l'esprit de toute la typographie parisienne, et surtout de mes connaissances (et en particulier de ce bon M. Dubeux, qui, l'autre jour, après m'avoir assuré que le travail du Catalogue pouvait durer huit ans, me disait : « Vous voilà avec nous... vous êtes de nos bons... » M. Magnin et M. Lenormant sont très bien disposés pour vous... » j'espère que vous ne nous quitterez plus... C'est seulement à présent que je peux vous pardonner votre démission... Il est vrai que » vous avez cela de bon, c'est que vous gagnez à être connu. — Je » suis très inoffensif...—Oh!..reprit M. Dubeux...» Il semblait vouloir dire qu'il y avait en moi quelque chose de mieux que cette qualité négative, et pardon d'avoir rapporté si complétement ce court entretien) ; bafoué, dis-je, déconsidéré, décrédité peut-être, oh oui ! je serais bien à plaindre. Et croirez-vous, mon cher Laurent, que, si je suis à même de faire ce pas de rentrée, que si je franchis cette barrière, très ardue, j'en conviens, je n'aurai pas fait assez bonne

---

* « ... J'ai à cœur de repousser bien loin un soupçon odieux ; je me hâte de déclarer, si cela est nécessaire, que le mépris, la hauteur, dont la fâcheuse métaphore du dernier mot de ma citation pourrait éveiller l'idée, sont infiniment éloignés de mes principes et de mon caractère, surtout quand il s'agit des occupations et de la personne de qui que ce soit de mes ὑπόχθυοι. »

provision de philosophie, de raison, de patience, de résignation, de
tout ce qu'il faudra pour me tenir désormais, pour me tenir toujours
à cette même place, devenue nouvelle sous plus d'un rapport, pour
m'acquitter de mon emploi quelconque à la satisfaction des chefs ?
— Le désir persévérant de ma compagne de me voir rentrer au
bercail, aura été pour beaucoup, en raison d'une affection conju-
gale, dont je ne tire pas vanité, mais que je ne veux pas qu'on nie,
aura été pour beaucoup dans l'espèce d'opiniâtreté que je montre
aujourd'hui à vouloir rentrer en effet : et croyez-vous que je ne saurai pas m'arranger de manière à assurer à toujours à ma femme la
douce satisfaction de cette sécurité qu'elle a tant regrettée pour laquelle elle a tant soupiré ? que je ne saurai pas me faire pardonner
le tort très involontaire des chagrins dont mon intolérable situation
fut pour elle l'occasion, dès avant ma démission ? que je ne saurai
pas faire pour cela tous les sacrifices nécessaires, sacrifices d'amour-
propre ou autres ?

Il n'y aura plus lieu pour moi à ce dont je parle dans la lettre
dont ma femme a vu le commencement, et qui ne s'est trouvée
allongée que par suite de mon accession à son désir, il n'y aura
plus lieu à ces « petites résistances étudiées, sans importance au-
» cune pour le bien du service ; protestations muettes d'une âme
» ulcérée, réclamations tacites d'un loyal serviteur désespéré. » Je
ferai mon devoir tout comme chacun de mes nouveaux collègues,
et je me garderai bien de me prévaloir de telle ou telle licence d'un
favori, supposé qu'il y eût favori et licence.

Probablement, je n'affectionnerai qu'un seul de ces collègues,
malgré la chaude et inopinée réclamation de tel ; je n'aurai, mon
cher Laurent, si tant est que nous puissions, que nous devions arriver là, je n'aurai d'intimité qu'avec un seul ; mais je serai bien
malheureux si je ne parviens pas, grâce à mon nouveau système
de bienveillance universelle, mais désormais plus circonspecte, à
être jugé par mes autres confrères aussi inoffensif que je prétends
l'être, à être assez bien vu d'eux et de tout le monde.

Veuillez, mon cher Laurent, me garder soigneusement cette
lettre, quand ce ne serait que pour me mettre à même de la con-
sulter au besoin, afin de me rappeler, s'il était nécessaire, ce que
se propose

Votre dévoué
CIRIER.

7 mai 1859.

17 maï.

Nescio quâ natale solum dulcedine cunctos
Ducit, et immemores non sinit esse sui.

A tous les cœurs bien nés que la patrie est chère!

C'est à l'excellent M. Dubeux encore qu'il faut s'en prendre de ce distique et de sa traduction. Il semble qu'il voudrait, à force de bienveillance, me faire oublier ma patrie, l'I. R. *Hâc ego*, typographiquement parlant,

Hâc ego sum terrâ (patriæ nec pœnitet) ortus.

Il vient de m'adresser de nouvelles paroles, encore plus encourageantes. « Après cela, m'a-t-il dit, j'espère que nous pourrons vous procurer quelque chose de mieux. » A M. Dubeux, je ne puis répondre que par de la reconnaissance : à vous, mon cher Laurent, je peux et je dois m'ouvrir de ce que je trouve de défectueux dans les espérances qui me sont offertes ; à vous, j'ose dire, quoi que vous disiez vous-même, que cet *exil*, avec ses avantages, d'ailleurs assez bornés, avec la bienveillance qui s'applique à me le faire aimer, que cet exil ne me console point du séjour où mon cœur a pris racine.

Si je parle de mon peu d'espoir, malgré les bontés de M. Dubeux, de pouvoir être jamais employé à autre chose qu'au travail du Catalogue, d'autant plus que, instruit par une si cruelle expérience, je ne voudrais point d'une place à laquelle un autre aurait notoirement plus de droits ; vous objecterez que malheureusement, que peut-être je suis désormais vis-à-vis de l'I. R. dans la même situation.... Et si vous aviez vu ma citation, en certain lieu, d'un vers de l'*Ulysse* de M. L., vous me diriez en gémissant, que ce vers ne m'est que trop applicable :

Je suis un *étranger* qui demande un asile.

Moi je riposte que l'*étranger* qu'on fait ainsi parler n'est autre qu'Ulysse revenu dans Ithaque.

J'aurais beaucoup à dire en faveur de ce persévérant désir, qui peut vous étonner autant qu'il vous embarrasse peut-être :

Sic te propositi nondùm pudet, atque eadem est mens,
Ut bona summa putes, regali vivere quadrâ ?

Vous ajoutez : « Eh ! pourquoi donc vous-même avez-vous détruit, empêché il y a trois mois ce qu'on avait fait, ce qu'on pouvait faire pour vous? — Et moi je réplique.... Mais non; il me tarde autant qu'à vous de voir finir cette confidence. »

Il faut pourtant que je parle de ce qui me revient, de ce que j'ai sur le cœur. Je suis *difficile à vivre*. Ce n'est pas vous, sans doute, qui croyez à cette absurde et inhumaine inculpation, que vous me montrez dans la bouche, notamment de M. A. R. Son respectable père savait mieux me rendre justice, et je ne conçois pas comment le fils, s'il n'a point hérité de sa bienveillance à mon égard, n'a pas su au moins se montrer neutre. Lorsqu'il était encore à mon niveau, lorsque je fus à même de remarquer M. A. R. pour la première fois, je ne démentis point à son égard mes habitudes de prévenante politesse. Lui, qui paraissait en avoir de toutes contraires, me rendit assez pénible dans ces premières rencontres l'exercice de la civilité, la pratique de ces devoirs de bienséance; j'en fus pour mes avances. Mais je dois dire, à la décharge plutôt qu'à la louange de M. R. fils, que quand il a eu à représenter son père, malade ou mort, il s'est montré autre; à ma grande satisfaction, à moi, qui ne demandais pas mieux que de voir la fin de ces apparentes petites hostilités, si inconcevables, si peu méritées.

Il m'importe, mon cher Laurent, dans les dispositions où vous me voyez, il m'importe que M. A. R. me rende justice, me connaisse. Pour me trouver très peu *difficile à vivre,* il n'aurait qu'à se rappeler mes procédés, mes courageux procédés à son égard; et je regrette que vous, vous ne m'ayez pas dit que vous avez réfuté l'étrange imputation que vous m'avez rapportée.

Prenez patience : quelque chose me revient à la mémoire, et il m'importe également de vous en toucher un mot. « Mais la correction l'ennuie? » dit, en 1837, M. L. à quelqu'un qui implorait à mon insu ma rentrée (et ce quelqu'un, qui n'avait chance de réussir qu'en me cachant sa démarche, à laquelle je n'aurais point consenti, ce quelqu'un n'avait certes pas besoin, comme un quelqu'un pareil d'Ovide, de s'entendre dire par moi :

> *Pectore te toto, cunctisque incumbere nervis,*
> *Et niti pro me nocte dieque decet.*
> *Utque juvent alii, tu debes vincere amicos,*
> *Uxor, et ad partes primo venire tuas)* ..

Après ces parenthèses inspirées et remplies par Ovide, Ovide encore répondra à l'objection de M. L. :

> *Sœpè piget (quid enim dubitem tibi vera fateri?)*
> *Corrigere, et longi ferre laboris onus.*

Et ailleurs :

> *Scilicet est cupidus studiorum quisque suorum ;*
> *Tempus et assuetâ ponere in arte libet.*

Fatigue ou non, ennui ou non, pour vous et pour moi, et quand je devrais me mettre en apparente contradiction avec moi-même, qui ai tant dit et même écrit que la correction est un dur métier [*], il faut encore que je déclare, que je proclame que c'est pourtant le seul qui me convienne, qui m'agrée. De toutes les façons d'homme de lettres, c'est peut-être la seule qui aille à ma taille, et je ne vise à rien de plus. Vous ririez sans doute, mon cher Laurent, si je vous disais que je n'aspire qu'à me reposer dans la correction. Riez, mais comprenez-moi. Je suis fatigué, harassé, dégoûté même, de l'étude en général, non pas seulement de ces arides études que vous savez, et suivies avec une ardeur que moi-même je ne comprends pas, vu le peu d'encouragement qu'elles obtenaient ; études dont je douterais si je n'en avais sous les yeux des témoins nombreux, de copieux résumés ; oui, je suis las d'étudier, et comme vous, je n'aspire qu'à faire valoir [**] modestement mon acquit tel quel, sans me mettre aucunement en frais, je ne dis pas pour le compléter, mais pour le

---

[*] Pas toujours ; témoin *Erasm.* FRANCISCI, dont il est dit dans le *Theatrum Correctorum eruditorum* de Zeltner : *Quo labore victum sibi vir diligentissimus largum faciebat... Undè, et quamvis functiones variæ satis splendidæ ab aliquot Imperii Germ. proceribus offerrentur, vitæ tamen genus quod hactenùs vixerat, quietum tranquillitatisque plenissimum... sponte retinuit.*

[**] En relisant ceci, j'appréhende, moi si chanceux, que, si cette page venait à tomber en d'autres mains, on ne glosât sur cette expression *faire valoir*. L'adverbe *modestement* dont elle s'accompagne devrait pourtant, ce semble, m'affranchir de cette crainte et me dispenser d'un *glossema* : car qui est-ce qui pourrait voir ici *faire mousser ?* au lieu de *exploiter*, et quelque chose de plus légitime, de plus modeste encore : *user de, me servir de*, etc. Mais je le répète, je suis si chanceux ! J'ai donc voulu dire *faire valoir mon acquit de correcteur*, comme un save-

grossir le moins du monde, à moins d'une *commande*. En un mot,
je me sens *machine à correction*, pouvant fonctionner assez régu-
lièrement, et capable peut-être encore d'un bon et long service. Ce
facile, cet obscur, cet ignoble * labeur, sourit à ma paresse d'aujourd'hui, ou, si vous voulez, à mon besoin de repos, à mon ennui
des lettres, de la profession d'homme de lettres (cette qualification,
qui ne m'a jamais souri, et que j'ai repoussée quelquefois, il faut bien
me résigner à l'accepter, aujourd'hui qu'elle pleut sur moi; et parce
qu'enfin, si je ne suis pas, si je ne redeviens pas correcteur, il faut
que je sois quelque chose), profession d'homme de lettres, dis-je,
qu'il faudrait pouvoir honorer, pouvoir exercer avec un avantage
marqué..... J'ai parlé de paresse.... ai-je besoin de répéter : *comprenez-moi*, et de vous dire que je serais aussi zélé, aussi assidu,

tier peut *faire valoir son acquit de savetier*. Et si je dis *savetier* plutôt
que *menuisier*, etc., c'est bien moins pour ravaler notre honorable profession, que pour relever la profession, tout aussi estimable et pour le
moins aussi utile, de savetier, et, en général, ce qu'il y a de moins con-
sidéré en fait de professions honnêtes et utiles.

Encore une remarque apologétique à propos de ce *faire valoir*, remarque à l'usage de ceux qui liront ou auront lu, dans la liste de sous-
cripteurs en tête des *Racines grecques* de M. MARCELLA : *M. Cérier,
helléniste*. Certes, je peux bien me laver les mains du second de ces er-
rata, qu'il m'a été aussi impossible de prévenir que de corriger. D'abord,
je n'étais pas plus curieux qu'un autre de voir figurer mon nom sur cette
liste; en second lieu, j'ai toujours dit à qui voulait l'entendre, et me
mettait dans le cas de le confesser, et à M. Marcella tout le premier,
que je n'ai pas l'honneur d'être *helléniste*. Je l'ai dit, je l'ai écrit, notamment sur l'exemplaire *offert par l'auteur à M. C., philologue et
helléniste*. Écrit en dessous, de ma main à moi : « Amateur, philologue,
soit : mais helléniste.... oh non ! »

* « M. Dübner, savant dont l'Allemagne apprécie l'érudition, a bien
» voulu me seconder pour la correction des épreuves : il a relevé cette
» tâche, sans doute bien indigne de lui... » (Préf. du *Thesaurus linguæ
poeticæ*.) M. Quicherat est trop judicieux, trop bon pour mépriser la correction et les correcteurs : mais, entre autres contempteurs, le grand
Scaliger, qui a la bêtise de reprocher à Érasme d'avoir été correcteur
chez Alde ! et l'illustre Érasme qui a le sot orgueil de s'en défendre ! Au
reste je ne réponds de rien ; je ne parle de ce petit procès que sur ouï-
dire : je n'ai pas encore vu les pièces.

aussi exact que vous, mon cher Laurent : c'est dire assez, c'est dire beaucoup.

> J'abuse, cher ami, de ton trop d'amitié ;
> Mais pardonne à des maux dont toi seul as pitié.

Je peux bien encore emprunter à Oreste le vers suivant :

> Assez et trop long-temps mon amitié t'accable...

mais ajouterai-je :

> Évite un malheureux, abandonne un coupable....

Non certes.

N. B. Ces dernières pages (10-14), datées du 17, à cause du fait qui les commence, ont été écrites après les suivantes (14-17), datées du 20.

Lundi, 20 mai, A. D. 1839.

Prenez garde, mon cher Laurent ! n'allez pas accepter étourdiment cette belle qualité d'ami... que je vous propose, vous le savez, à charge d'un retour bien sincère, bien complet. Prenez garde à vous ! la complaisance, l'obligeance dont vous feriez preuve dès aujourd'hui en accueillant avec bonté toutes mes confidences, pourraient bien être le prélude, l'apprentissage d'un futur dévouement. Rassurez-vous, toutefois, et ne vous offensez point de cette invitation à vous rassurer : rassurez-vous, cette prévision de dévouement est aussi vague qu'il soit possible. Mais ce qui est positif et actuel, c'est la fatigue que ma confiante amitié impose à la vôtre, par cette suite donnée à ma lettre du 7 mai ; fatigue que vous accepterez de bonne grâce, j'en suis bien sûr : vous ne voudrez point me frustrer des consolations dont j'ai fondé sur vous l'espoir, moi si peu heureux, et qui n'en ai pas moins applaudi en toute sincérité à vos succès *.

* Si Laurent avait pu douter de la sincérité de ces félicitations (en 1837, quand il fut augmenté de 500 fr. ; en 1838, après qu'il eut été nommé correcteur de 1re classe, aux appointemens de 3500 fr., etc.); si, dis-je,

Mes premières pages déjà ne vous permettront pas de douter que je n'aspire à rentrer à l'I. R., et quand je vous aurai dit que ma compagne, qui a pu très légitimement désirer cette rentrée, semble n'y plus tenir aujourd'hui et m'engage affectueusement à ne me point tourmenter pour la procurer, vous vous affligerez, dans mon intérêt, de voir les rôles intervertis, vous qui, dans notre dernière entrevue, vous montriez soucieux des moyens de dissuader ma femme, de la détacher d'un espoir, d'un dessein qui vous paraissait, qui vous paraît sans doute encore peu raisonnable.

Si moi, à mon tour, je suis rentré dans cet espoir, revenu à ce dessein, il semble que je ne doive et ne puisse plus vous faire un secret de mes vues, de mes moyens, ou plutôt de mon plan... Ah ! mon cher Laurent, si ces moyens, si ce plan étaient moins scabreux, moins critiques, moins violens, sans doute j'aurais eu moins de répugnance à en faire la confidence à ma femme. Oh ! de combien d'anxiétés, surtout au moment de son exécution, ce plan a été pour moi la source ! Et encore en ce moment je lui suis redevable d'une pénible perplexité : il est cause que je me reproche de n'être point homme de résolution. Certainement, j'ai fait quelque chose déjà pour la procurer l'exécution de ce dessein, peut-être périlleux : j'ai échoué deux fois ; mais il n'était pas probable qu'une troisième ou quatrième tentative eût été sans succès..... *Succès ?* Peut-être direz-vous, et d'autres avec vous, que je dois bénir le non-succès, et m'inquiéter peu du renom d'homme de résolution.

Laurent avait pu révoquer en doute la sincérité de mes félicitations, malgré le douloureux retour sur moi-même qui s'y mêlait nécessairement, je lui aurais dit ce qui se passa dans mon âme en octobre 1828, le jour que, une seconde fois rassemblés sans nous connaître, nous attendions, en compagnie de dix-sept confrères, l'annonce du résultat du concours. Il est bien vrai qu'alors aussi j'éprouvai un sentiment pénible, d'une tout autre nature sans doute. L'enivrement du succès ne m'empêcha pas de plaindre bien sincèrement mes antagonistes tant soit peu moins heureux : je sentis de la peine en les voyant se retirer tous, et me laisser seul avec les juges du concours, qui me félicitaient de ce petit triomphe, qui m'exhortaient à m'évertuer pour mériter un nouveau succès dans un nouveau combat, etc.; avec M. de Villebois, l'administrateur d'alors, qui avait commencé par me dire : « Monsieur Cirier, voilà que vous faites partie de l'administration. » (*Note de l'éditeur.*)

Vous comprendrez que, si j'eusse persévéré obstinément dans ce dessein, il eût été de toute convenance que vous l'ignorassiez ; cette confidence eût pu vous compromettre, au moins vous gêner beaucoup ; je pense que d'ailleurs elle vous eût été pénible, en vous inspirant des craintes à mon égard. Quand moi-même je n'avais mis qu'une confiance bien limitée dans ces moyens violens, vous, vous n'y auriez vu que matière à de nouvelles *tribulations.* A présent que, rebuté par deux échecs, j'ai renoncé à mon plan, quelle raison peut me faire hésiter à vous le découvrir ?... Une mauvaise honte sans doute, la crainte d'être trouvé extravagant ? Ne direz-vous pas que je connais bien mal les hommes, et surtout les hommes en place, *genus irritabile...* plus encore que *vatum ?* Ou bien direz-vous qu'il y a donc en moi-même une susceptibilité inouïe, un amour-propre immense, forcené, puisque j'ai pu risquer pour une satisfaction, stérile en apparence, d'aussi graves intérêts ?...... Pensez, mon cher Laurent, pensez tout ce que vous voudrez : il me suffit que rien de tout cela ne doive refroidir l'attachement que vous me portez, ni diminuer la mesure d'estime à laquelle je dois prétendre, prétendant à la qualité de votre ami. Pensez, dis-je, de mon dessein avorté, tout ce qu'il vous plaira ; mais veuillez croire aussi que j'en avais senti toutes les conséquences, mesuré toute la portée ; et si par cette observation je suis atteint et convaincu de témérité pour le moins, elle me soulage un peu sous le rapport du défaut de résolution.

Je ne vous permets pas encore de briser le cachet, d'ouvrir cette boîte de Pandore qui ne contient pas même l'espérance, une espérance quelque peu positive : il m'en faut une pourtant, car je ne me résigne pas encore à renoncer à mon dessein... de rentrer. Oui, il me faut une espérance, et je la mets dans votre amicale médiation : médiation prudente, persévérante... dévouée... je ne vous ferai pas l'injure de croire que ce soit trop demander, trop attendre de vous :

> *Tu tamen, ò nobis usu junctissime longo,*
>   *Pars desiderii maxima pene mei,*
> *Sis memor, et si quas fecit tibi gratia vires,*
>   *Illas pro nobis experiare rogo :*
> *Numinis ut læsi fiat mansuetior ira,*
>   *Mutatoque minor sit mea pœna loco.*

Mais ne voilà-t-il pas que cette médiation, si vous l'acceptez, que vous acceptez, vous impose la réserve de ne point ouvrir ce mystérieux paquet : c'est un holocauste à mettre à la disposition de la personne qui a donné lieu à cet écrit. Un *holocauste*, entendez-vous ? mais ce n'est point par vos mains que cette *combustion complète* doit être faite. Quant à moi, de mon côté, j'anéantirai de grand cœur tous brouillons, etc. pouvant perpétuer de fâcheux souvenirs.

Ce sacrifice serait-il, paraîtrait-il si peu de chose, que je n'obtinsse pas en retour *l'assurance*, donnée n'importe comment, *qu'on me porte de l'intérêt*, etc. ?

Ce n'est qu'à regret, mon cher Laurent, que je vous livre des énigmes... mais peut-être il n'y a point d'inconvénient à ce que je vous donne une idée de mon plan tel quel, et du manuscrit qui en était la base....

22 mai. — Inconvénient ou non, je me tais, je m'arrête, respirons ! »

www.ingramcontent.com/pod-product-compliance
Lightning Source LLC
LaVergne TN
LVHW050250030726
842520LV00006B/2283